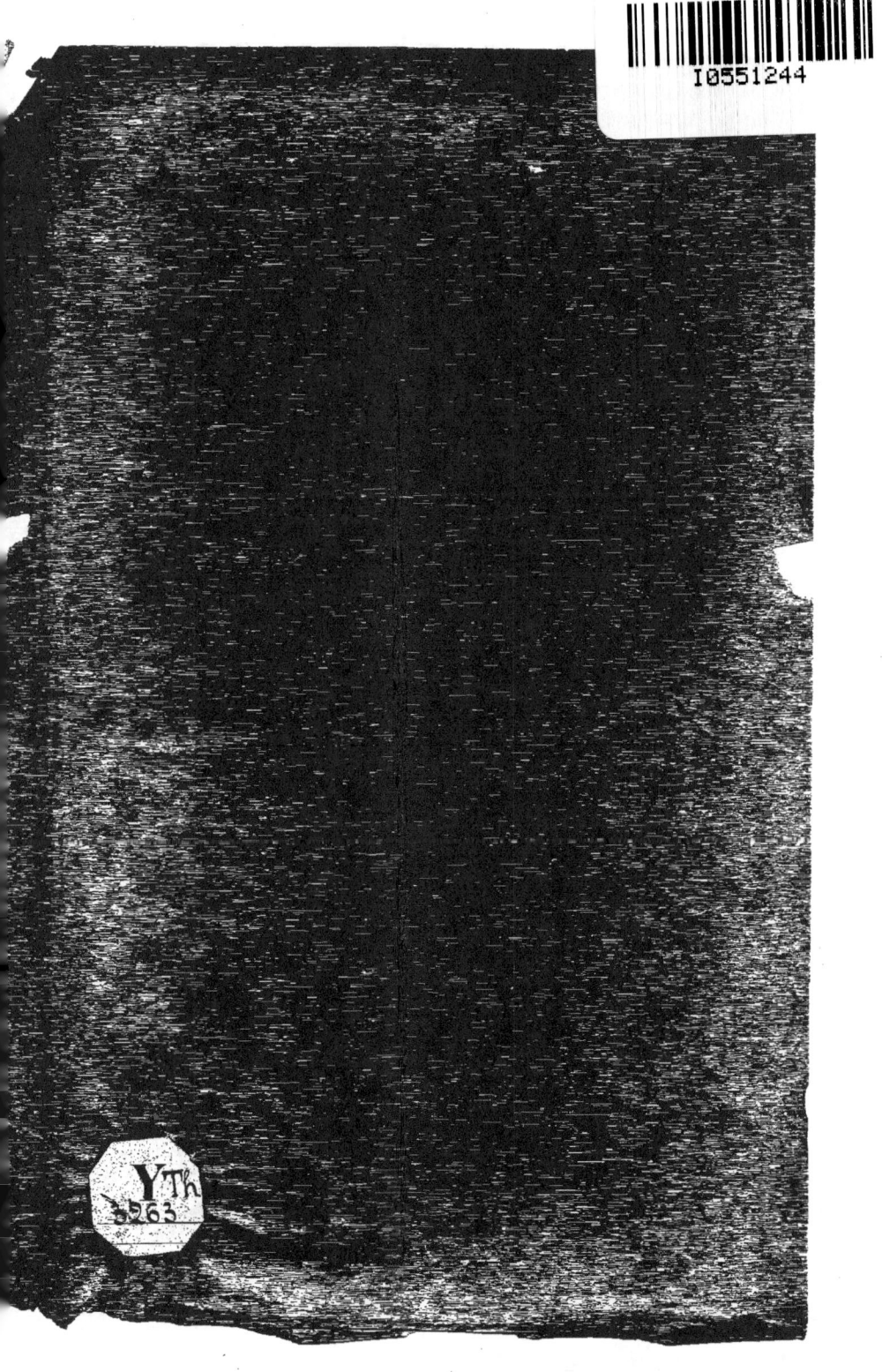

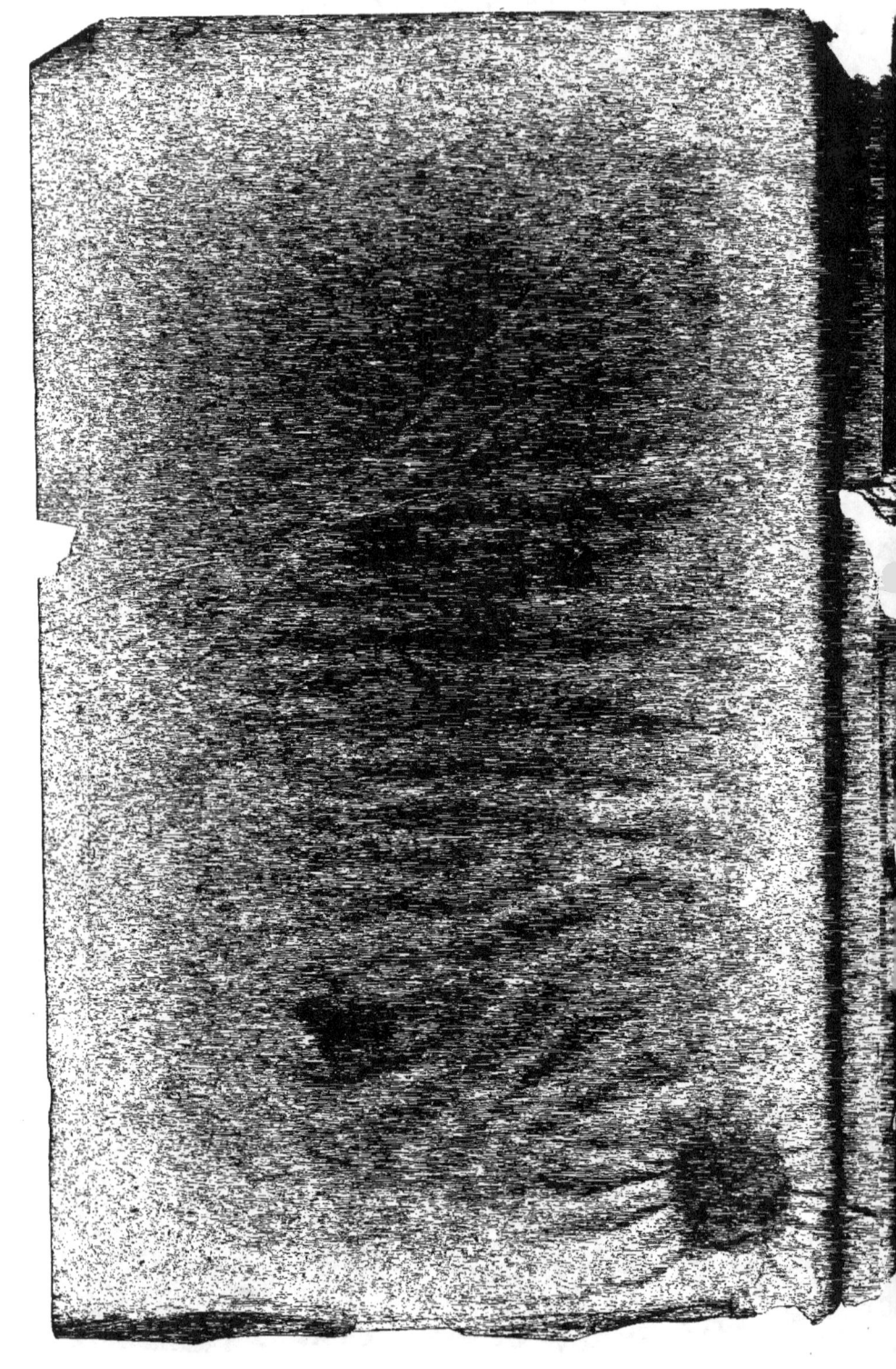

LE

PÈRE TURLUTUTU,

OU

LES SOUVENIRS,

COMÉDIE-VAUDEVILLE EN UN ACTE,

Par M. Dubois-Davesnes.

Représentée pour la première fois, à Paris, sur le théâtre du Gymnase-Dramatique,
le 24 octobre 1840.

PRIX : 50 CENTIMES.

PARIS.

HAUTECOEUR-MARTINET, ÉDITEUR,

RUE DU COQ-SAINT-HONORÉ, 15.

—

1840.

LE PÈRE TURLUTUTU,

COMÉDIE-VAUDEVILLE EN UN ACTE.

Le théâtre représente un salon. Portes au fond, portes latérales; table formant bureau, à gauche; à droite, un guéridon. Sur le théâtre, des chaises mal rangées.

SCÈNE I.
GODINOT.

(Il range l'appartement, époussette les meubles, il tient un balai d'une main, de l'autre un plumeau, et a le pied armé d'une brosse à frotter. — Il chante:)

Caché sous les habits d'un esclave africain,
Sous les murs du sérail, chantait le jeune Osmin.

Elle est très intéressante, cette romance... d'autant qu'elle me va... c'est vrai, moi aussi, je suis caché sous les habits d'un esclave africain !.. car enfin, à me voir ainsi la brosse au pied et le plumeau à la main... Je ne compte pas le balai, c'est pour me soutenir. Qui est-ce qui reconnaîtrait un garde champêtre ?.. le pouvoir exécutif du bourg de Lorris, chef-lieu de canton, arrondissement de Montargis, département du Loiret...comme le dit verbalement l'Almanach impérial de cette année... (Il va prendre l'Almanach sur la table.) Mais j'ai beau le lire, l'Almanach, pour étudier lès attributions du garde champêtre, je n'y vois nulle part l'obligation de frotter les appartemens de M. le Maire, de laver sa voiture, et de servir à table, comme l'exige sa sœur, Mⁱˡᵉ Rose, sous prétexte que M. Ducluzeau doit toujours avoir la force publique à sa disposition... Après ça, comme je ne puis pas réclamer... je me soumets... je dévore mes chagrins domestiques...

(Il continue à ranger en chantant :)

Caché sous les habits...

(Regardant au fond.) Tiens... v'là encore M. Maurice de Soran... ce jeune officier qui a été adressé à M. Ducluzeau... Il était venu à Lorris pour huit jours, et v'là deux mois qu'il y est !.. y me fait joliment l'effet aussi, lui, d'être...

Caché sous les habits d'un esclave africain
Comme le jeune et bel Osmin !..

Il a toujours quelque prétexte pour venir ici !..

SCÈNE II.
GODINOT, MAURICE.

MAURICE.

Ah ! le garde champêtre.

GODINOT, saluant.

Salut, M. de Soran.

MAURICE, regardant toujours autour de lui.

Bonjour, mon ami !.. (A part.) Elle n'est pas là !..

GODINOT, avec intention.

Vous cherchez... quelqu'un ?..

MAURICE.

Oui... M. Ducluzeau...

GODINOT, un peu goguenard.

Ah ! c'est drôle... vous avez du malheur... vous venez toujours quand il n'y est pas, et Mⁱˡᵉ Rose n'y est pas non plus... ah ! va-t-elle être fâchée !.. car elle vous aime, Mⁱˡᵉ Rose !.. oh ! elle vous aime...

MAURICE.

C'est une demoiselle fort respectable.

GODINOT.

Oh ça ! pour les mœurs, c'est un modèle, une modestie, une piété !..

MAURICE.

Je vais attendre !.. M. Ducluzeau ne tardera pas sans doute à rentrer ?..

GODINOT.

Ah ! je sais pas... il est au conseil municipal, pour ces papiers de la commune qui ont été perdus pendant la révolution.

MAURICE.

Ah ! oui, les registres de la paroisse.

GODINOT.

Juste... c'est-y un malheur, ça, M. Maurice... ça jette le trouble dans tout le pays; personne ne peut plus prouver qu'il est mort, ni qu'il est né... c'est vrai... on me soutiendrait que je ne suis pas né, moi, que je ne pourrais rien répondre... rien... il n'y a pas d'acte... ça m'a déjà fait perdre un héritage de cinquante écus de rente... heureusement que je vais être dédommagé.

MAURICE.

Toi ?

GODINOT.

Oui... vous savez bien que le conseil municipal vient de fonder une pension de six cents francs pour le vieillard le plus vieux de la commune.

MAURICE.

En effet... j'ai entendu parler...

GODINOT, avec chaleur.

En v'là une belle idée... oh ! je n'suis qu'un paysan, moi, mais les belles idées... c'est mon oncle qui aura la pension, il a quatre-vingt-trois ans !.. et comme il demeure avec moi... ça nous aidera.

MAURICE, souriant.

Ah ! je comprends... mais tu ne fais donc pas ta tournée, ce matin ?..

GODINOT.

Pardonnez-moi !.. je vais au contraire reprendre mon uniforme. (Il met son habit qui était posé sur une chaise.) Oh ! M. Ducluzeau veut qu'on soit très sévère, maintenant.

MAURICE.

Mais il me semble qu'on ne se plaint pas.

GODINOT.

N'importe.

Air : Vaudeville du Premier Prix.

On ne se plaint pas mais je soupçonne
Que tout ne doit pas aller bien,
Puis, si l'on n'arrêtait personne,
Les fonctionnair's n's'raient bons à rien.
Par moi, qui sais mieux ma besogne,
Tout voyageur est suspecté,
Et coupable ou non je l'empoigne
Pour prouver mon utilité.

(Maurice n'écoute pas; il va au fond, regarde, et paraît attendre.)

Qu'est-ce qu'il a donc ?.. ah ! compris !.. il cherche M¹¹ᵉ Adèle !.. je connais ça, moi, l'amour !.. c'est un mal qui fait bien plaisir; comme ça monte l'imagination, moi, surtout, ça me prend là, dans les genoux; j'ai besoin de m'asseoir... ce qui prouve bien que l'amour est une faiblesse.

MAURICE, à part.

Elle ne vient pas !.. (Haut.) Dis-moi, Godinot, ne m'as-tu pas dit que M¹¹ᵉ Ducluzeau était sortie ?

GODINOT

Vous vouliez lui parler ?..

MAURICE.

Oui, mais si M¹¹ᵉ Adèle est là.

GODINOT.

Sortie également.

MAURICE, désappointé.

Ah !..

GODINOT.

Elle est allée voir les filles du marquis de Nozin .. un ancien ami du Comte, à ce qu'on dit, car le père de M¹¹ᵉ Adèle était comte.

MAURICE.

Je sais... ma sœur a été élevée dans la même pension que M¹¹ᵉ de Bellerive.

GODINOT.

Ah oui ! au fait !.. ce que c'est que les révolutions. Ce M. de Bellerive était le seigneur du pays, et dire que maintenant sa fille n'a pas grand comme la main de terre dans la commune... vrai, il y a des gens qui n'ont pas de chance.

MAURICE.

Cette pauvre demoiselle Adèle, par exemple; elle perd sa mère en venant au monde, et quelques mois après, son père, obligé de quitter la France, fait naufrage presqu'en vue du port.

GODINOT.

Et elle se serait trouvée sans famille et sans ressource, si ce bon M. Ducluzeau ne l'avait pas recueillie.

MAURICE.

N'était-il pas l'intendant du comte de Bellerive.

GODINOT.

Oui... il a acheté tous ses biens... quand il est parti... cela a même fait jaser dans le pays, mais M. Ducluzeau est bien au-dessus de ça... un homme si riche... si savant, un antiquaire, avec ça qu'il a élevé M¹¹ᵉ Adèle comme sa fille.

MAURICE, avec intention.

Et il n'a pas encore songé à la marier ?

GODINOT.

Ah ! je sais pas... il n'en a pas été question dans le pays, et pourtant ça ne serait pas malheureux pour M¹¹ᵉ Adèle... car ici, la sœur de M. Ducluzeau ne la ménage guère...

MAURICE.

En vérité ?..

GODINOT.

Ça ne l'empêche pas de répéter à chaque instant qu'elle est trop bonne... mais c'est alors surtout qu'il faut se méfier !.. c'est égal, moi je la flatte, c'est la sœur de Monsieur le Maire... je suis toujours de son avis, ça peut servir à mon avancement. (On entend gronder au dehors.)

MAURICE.

Écoute !..

GODINOT.

On gronde ? ça doit être elle !

MAURICE.

Oui... avec M¹¹ᵉ de Bellerive.

SCÈNE III.

LES MÊMES, M¹¹ᵉ ROSE, ADÈLE, entrant par la porte de droite.

Non, Mademoiselle,... vous ne verrez plus les Nozin... des impertinens qui font à peine attention à moi.

ADÈLE.

Mais songez !..

ROSE.

Vous ne les verrez plus... il me semble que vous pouvez bien nous faire ce sacrifice? nous en avons assez fait pour vous.

ADÈLE.

J'obéirai, Mademoiselle.

MAURICE, à part.

Pauvre enfant !..

ROSE, l'apercevant et changeant de ton.

Que vois-je ?.. M. de Soran.

ADÈLE, à part.

M. Maurice.

MAURICE.

Pardon, Mademoiselle, je n'ai point osé vous interrompre.

ROSE, doucereuse.

Ah !.. c'est mal... surprendre ainsi les querelles entre demoiselles, entre sœurs... car je regarde Adèle comme ma sœur. (Cajolant Adèle.) Ne sommes-nous point parentes... par le cœur ?

(Adèle va à la table, prend une tapisserie et travaille.)

GODINOT.

Oh ! ça, c'est vrai... il y en a même dans le pays qui prennent M¹¹ᵉ Rose pour la mère de M¹¹ᵉ Adèle.

ROSE, en colère.

Plaît-il ?

GODINOT.

Après ça, ça se pourrait.

ROSE.

Vous êtes un sot.

GODINOT, étonné.

Mais, Mamzelle, je dis que ça...

ROSE, l'interrompant.

Taisez-vous !

GODINOT.

Oui, Mamzelle. (A part.) Ça ne l'a donc pas flattée.

ROSE.

Ces gens se familiarisent... J'aurais déjà dû me plaindre à mon frère... Je suis trop bonne.

GODINOT, vivement.

Trop bonne... V'là le moment de filer. Pardon, excuse... je m'en vas, Mamzelle. (Il sort.)

ROSE, à Maurice.

Vous cherchiez M. Ducluzeau ?

MAURICE.

Je venais savoir si mon oncle ne lui avait point écrit... car je le sais en correspondance suivie avec le Général.

ROSE.

Oui... M. Durmer a la bonté d'appuyer près du Garde des Sceaux la demande que fait mon frère du titre de baron... titre qui lui est dû pour les services qu'il a rendus à la commune de Lorris. Mais ne receyez-vous point de lettres de votre oncle ?

MAURICE.

Mon Dieu! je suis un peu brouillé avec le Général.

ROSE.

Vous?

MAURICE.

Oui... il m'a écrit deux fois de retourner à Paris... et comme je tarde à lui obéir, il est mécontent.

ROSE.

En vérité? Mais Adèle a reçu hier une lettre de votre sœur qui ne lui parle point...

ADÈLE, qui travaille près de la table.

Pardonnez-moi, Mademoiselle... Eugénie m'avertit même que la colère du Général est sérieuse.

ROSE.

Ah!.. Mais pourquoi donc vous rappeler si promptement près de lui?

MAURICE.

Je ne sais... Mon oncle avait formé depuis long-temps un projet...

ADÈLE, avec intention.

Auquel il tient plus que jamais.

MAURICE.

Quoi ! vous savez ?

ADÈLE.

Eugénie m'a tout écrit.

ROSE.

S'agirait-il... d'un mariage ?

ADÈLE.

Qui assure la fortune de M. Maurice... auquel il avait donné son consentement.

MAURICE, vivement.

J'étais libre encore de toute préférence... mais, maintenant...

ROSE, avec intention.

Eh bien ?.. maintenant... (Les regards de Maurice et ceux d'Adèle se rencontrent; Mlle Rose se détourne vers cette dernière, et dit aigrement en voyant sa soie qui est tombée à terre.) Vous perdez votre soie, Adèle. (A Maurice, tendrement.) Continuez, je vous prie !

MAURICE.

Maintenant... j'ai fait un choix,

ROSE, émue.

Ah!.. Et c'est ce choix qui vous retient à Lorris?

MAURICE.

Il est vrai... seulement, j'ignore si mes soins sont agréés. Je n'ai pu encore obtenir un seul mot... un seul regard.

ROSE, tendrement.

Un regard !.. (Aigrement à Adèle, dont elle rencontre le regard, et par qui elle se croit observée.) Regardez donc votre ouvrage, ma chère... vous allez passer des fils !

(Elle lance un tendre regard à Maurice.

MAURICE.

Mais, quoiqu'il arrive, je ne partirai point sans savoir ce que je dois espérer... Si je ne puis trouver l'occasion de parler... je chercherai un autre moyen de me faire comprendre.

ADÈLE, à part.

Dieu !

ROSE, à demi-voix, se levant.

Ah ! Monsieur...

DUCLUZEAU, en dehors.

C'est bien ! c'est bien !

MAURICE.

Mais, pardon... on vient... je me retire.

ROSE, remontant la scène.

C'est mon frère.

MAURICE, à part.

Il faut que je sache à quoi m'en tenir.

ROSE.

Mais vous vouliez lui parler.

MAURICE.

Désolé... en ce moment, l'heure me presse... je le verrai plus tard.

ROSE, à part.

C'est un prétexte pour revenir, quand je serai seule au salon.

ENSEMBLE.

Air : Commençons la cérémonie. (V. DORMILL.)

ROSE.

Partez, puisque l'on vous réclame,
Il faut soigner ses intérêts !
Pourtant, croyez qu'au fond de l'âme,
Nous partageons tous vos regrets.

ADÈLE.

Lorsqu'il s'éloigne, en vain, je blâme,
De mon cœur les ennuis secrets !
Malgré moi, dans le fond de l'âme,
Je partage tous ses regrets.

MAURICE.

Pour l'affaire qui me réclame,
Je ne m'éloigne qu'à regret ;
Il est des personnes, Madame,
Qu'on voudrait ne quitter jamais.

(Il sort.)

SCÈNE IV.

LES MÊMES, DUCLUZEAU, des lettres à la main.

DUCLUZEAU, au dehors.

Puisque je vous dis que les actes n'existent plus ! (Entrant par la porte à gauche.) Toujours des réclamations... des contestations... à cause de ces malheureux registres ! (Apercevant Adèle et Rose.) Ah ! parbleu ! je vous cherchais.

ROSE.

Vous venez du conseil municipal ?

DUCLUZEAU.

Oui, j'ai enlevé la décision... le chemin vicinal traversera notre domaine de Grand-Pré.

ROSE.

Cela doit en doubler la valeur.

ADÈLE.

Certainement !..

DUCLUZEAU.

Je n'ai parlé que dans les intérêts communaux, de plus, pour enlever tous les votes, j'ai promis d'offrir à la commune ce précieux portrait.

ROSE.

Ce portrait ?

DUCLUZEAU.

Celui de Guillaume de Lorris... la plus grande illustration de notre ville, l'auteur du Roman de la Rose... cela remonte au règne de saint Louis, Mesdemoiselles.

ADÈLE.

Est-il possible !

ROSE.

C'est donc là ce que vous apportait hier votre marchand de curiosités.

DUCLUZEAU.

Oui, cette tabatière appartenait à la Baillive d'Étampes, qui descendait du célèbre poète... et c'est elle qui a fait enchâsser le portrait... Comment, vous n'êtes pas émerveillées... au fait, les femmes s'occupent peu d'antiquités... j'ai une meilleure nouvelle à vous apprendre.

ROSE.

Laquelle ?

DUCLUZEAU.

Mon fils revient.

ROSE.

En vérité ?..

ADÈLE.

M. Félix.

DUCLUZEAU.

Lui-même.

ROSE.

Ah ! et quand cela ?

DUCLUZEAU.

Dans quelques jours.

ROSE.

Ah ! ce cher enfant... et restera-t-il longtemps ?

DUCLUZEAU.

J'espère qu'il ne nous quittera plus.

ROSE.

Comment !

DUCLUZEAU.

J'ai pour lui un projet d'établissement.

ROSE.

Pour mon neveu ?

DUCLUZEAU.

Oui... vous ne devinez pas.

ROSE.

Nullement.

DUCLUZEAU, à Adèle.

Ni vous ?

ADÈLE.

Ni moi.

DUCLUZEAU.

Félix est plus pénétrant... au premier mot que je lui ai écrit, il a deviné mon projet... voyez plutôt... voici sa réponse...

(Il remet une lettre à Adèle.)

ROSE, regardant Adèle et prenant Ducluzeau à part.

Comment ! est-ce que ce serait ?..

DUCLUZEAU.

Oui, l'Empereur, qui désire rendre une position aux anciennes familles, m'accorderait alors le titre de baron, que je sollicite...

ROSE.

Vraiment ?..

ADÈLE, qui a lu.

Ah !

DUCLUZEAU, allant à elle.

Eh bien !.. comprenez-vous enfin ?

ADÈLE, embarrassée.

Monsieur... je n'y puis croire encore.

ROSE.

Je conçois votre étonnement ; certes, tout autre, à notre place, eût cherché pour Félix un riche mariage.

ADÈLE, vivement.

Ah ! vous avez raison, Mademoiselle... et je ne dois point accepter ce nouveau sacrifice.

DUCLUZEAU.

Qu'est-ce que c'est ?.. mais il ne s'agit pas de sacrifice... qu'importent la richesse, les convenances ; pour le mariage, c'est le cœur seul qu'il faut consulter.

ADÈLE, avec effort.

Alors... plus que jamais, Monsieur, permettez-moi de refuser.

DUCLUZEAU.

Comment...

ROSE.

Refuser mon neveu... c'est parce qu'il n'est pas noble, sans doute.

ADÈLE, vivement.

Pouvez-vous croire !..

DUCLUZEAU.

Ma sœur...

ROSE, plus en colère.

Non... jusqu'à présent j'ai été trop bonne, il est temps, d'ailleurs, qu'elle se marie, qu'elle quitte la maison, deux demoiselles à établir qui demeurent ensemble se nuisent !..

DUCLUZEAU.

C'est bien... Adèle réfléchira... elle est assez sage pour savoir que le mariage n'est pas une affaire de sentiment, mais de convenance.

ADÈLE.

Mais vous disiez au contraire...

DUCLUZEAU.

Nous en reparlerons plus tard, je vous laisse le temps d'y penser.

ROSE.

Oh! je la forcerai bien à consentir !

ENSEMBLE

Air nouveau de M. Hormille.

DUCLUZEAU.

A nos projets il faut la convertir ,
Mais point d'éclat, je vous en prie en grace;
Je saurai bien , ma sœur, quoi qu'elle fasse !
La décider enfin à m'obéir.

ROSE.

A nos projets, il faut la convertir ,
Nous résister, serait par trop d'audace;
En pareil cas, que ne suis-je à sa place !
Pour lui donner l'exemple d'obéir.

ADÈLE.

En vain, ici, je voudrais obéir,
Mon Dieu , mon Dieu , que faut-il que je fasse?
Je suis ingrate et c'est par trop d'audace ,
Mais cet hymen... je n'y puis consentir.

DUCLUZEAU.

C'est un hymen qui doit me faire honneur ,
A ma pupille, ainsi je prouve
Que je ne veux qu'assurer son bonheur...
Et puis... mon intérêt s'y trouve.

REPRISE DE L'ENSEMBLE.

(Adèle sort par la porte à droite et Rose par la porte à gauche ,
Ducluzeau la reconduit.)

SCÈNE V.

DUCLUZEAU , seul.

Ma sœur gâte tout , avec son emportement et
ses prétentions... je parlerai à Adèle... mais
seul... et elle obéira... il le faut... ce mariage
me fait obtenir le titre que j'ambitionne... ainsi,
répondons toujours au Général, et annonçons-
lui que le mariage se fera... (On entend du bruit
au dehors.) Qu'est-ce que c'est que ce bruit?..
encore quelque braconnier... quelque vaga-
bond... j'ai bien le temps de m'occuper des affaires publiques.   (Il s'assied et écrit.)

SCÈNE VI.

DUCLUZEAU , écrivant. GODINOT, conduisant
RIGAUD.

RIGAUD.

Est-ce que tu crois que j'ai le temps d'attendre ?

GODINOT.

Ne quittez donc pas mon bras... vous ne devez pas quitter mon bras.

RIGAUD.

Laisse-moi donc tranquille... est-ce que j'ai
besoin de toi pour me conduire... je ne suis pas
un enfant.

GODINOT.

Les gens arrêtés sont tenus de suivre la force
publique.

RIGAUD.

Quand la force publique reste en arrière...
les gens arrêtés courent devant.

(Il se dirige vers la porte à droite.)

GODINOT.

Arrêtez-vous donc!.. nous sommes arrivés...

Chut!.. voilà M. le Maire... (Il s'approche.)
Monsieur.

DUCLUZEAU, qui écrit.

C'est bien... tout à l'heure.

GODINOT.

Ah!.. Il faut attendre.

RIGAUD.

Je m'en suis douté, quand il a dit : Tout à
l'heure !

GODINOT.

Ah ! comme c'est rangé!.. si Mᶦˡᵉ Rose voyait
ça !..   (Il range et époussette les chaises.)

Attendons... pendant ce temps-là , je me re-
poserai. (Pendant tout ce qui suit, Rigaud cherche
à s'asseoir; mais chaque fois qu'il s'approche d'un
siège, Godinot le prend pour l'épousseter.) Il ne
nous regarde seulement pas, M. le Maire! C'est
juste... les fonctionnaires publics n'ont jamais le
temps, quand on vient pour leur parler... ça
leur donne l'air d'être occupés!.. je connais ça...
j'en faisais autant quand j'étais clerc chez maître
Lanone, notaire royal et greffier des arbitrages.
(A Godinot, qui lui a successivement retiré toutes
les chaises.) Ah ça! veux-tu bien me laisser une
chaise, à la fin... il me semble que c'est fait
pour s'asseoir.

GODINOT.

Du tout, prévenu... Mᶦˡᵉ Rose dit que c'est
fait pour être épousseté !

RIGAUD.

Il est stupide, ce garçon-là.

GODINOT, avec fierté.

Je suis fonctionnaire.

DUCLUZEAU , s'interrompant.

Silence donc... Voyons, quel est cet homme?

GODINOT.

M. le Maire, c'est un inconnu que j'ai trouvé,
à l'entrée du village, assis sur l'herbe, dans le
champ d'Étienne le Bon...

DUCLUZEAU , toujours occupé.

Eh bien !

GODINOT.

Répondez à M. le Maire... Pourquoi étiez-
vous hors du village et assis sur l'herbe ?

RIGAUD.

J'étais hors du village, parce que je n'y étais
pas encore entré, et j'étais assis sur l'herbe
parce qu'on ne trouve pas de fauteuils en plein
air... benêt.

GODINOT.

Ne me tutoyez pas.

DUCLUZEAU , occupé.

Allons...

GODINOT.

De plus, lorsque je lui ai demandé quel était
son domicile, il m'a répondu qu'il le cherchait.

DUCLUZEAU.

Ignorez-vous que la loi vous oblige à en avoir
un ?

RIGAUD.

Oui, mais elle ne m'en donne pas, la loi.

GODINOT.

Ça n'est pas une réponse !

RIGAUD.

Trouves-en une meilleure, nigaud.

GODINOT.

Ne me tutoyez donc pas !

RIGAUD , le regardant.

Il est étonnant, ma parole d'honneur, ce garçon-là ; comme on disait autrefois dans le pays : il est simple comme un Godinot.

GODINOT.

Tiens... qui est-ce qui vous a dit mon nom ?

RIGAUD.

Comment... tu serais le fils d'Étienne Godinot ?

GODINOT.

C'est-à-dire que c'était mon grand-père.

RIGAUD.

A toi ?.. Ah ça ! mais il y a donc une perpétuité d'imbéciles dans cette famille-là ?.. vraiment, tu es le petit-fils d'Étienne Godinot... qui était si laid... eh bien ! au fait, tu lui ressembles... (Il rit, en lui frappant sur la joue.) Eh ! eh ! eh !

GODINOT, riant bêtement.

Eh ! eh ! eh ! Ah bien ! ça me fait plaisir que vous ayiez connu mon grand-père... vrai... ah bien ! je suis content, maintenant, de vous avoir arrêté. Donnez-vous donc la peine de vous asseoir. (Il lui avance un siége.)

DUCLUZEAU, quittant le bureau, après avoir fermé sa lettre.

Voilà qui est fait. Voyons, brave homme, que voulez-vous ?.. votre nom, d'abord.

RIGAUD, se levant.

Mon nom... j'en ai plusieurs... on m'appelle le plus souvent le père Turlututu.

DUCLUZEAU.

Hein ?

GODINOT.

Turlututu ?

RIGAUD.

Oui... c'est un sobriquet qu'on m'a donné à cause d'un mot que je dis souvent... eh ! eh ! eh ! Il faut bien savoir rire... moi, je ne me fâche jamais, d'abord... je prends le temps comme il vient, les hommes comme ils sont... et turlututu... vive la joie.

GODINOT.

Ah bien ! il est drôle... il est drôle, le vieux !

DUCLUZEAU.

Mais vous avez un autre nom ?

RIGAUD.

Oui... Rigaud.

DUCLUZEAU, cherchant.

Rigaud... Il me semble avoir entendu parler de Rigaud.

RIGAUD.

Sans aucun doute... Nous sommes de vieilles connaissances... je vous ai connu tout petit.

DUCLUZEAU.

Moi ?

RIGAUD.

Oui... et, plus tard, intendant de M. de Bellerive. Je suis du pays ! nous avons toujours habité Lorris, de père en fils, jusqu'au 20 brumaire 1793, où je le quittai avec les volontaires... bien malgré moi.

DUCLUZEAU.

Comment ! vous êtes du pays ?.. un de mes administrés !.. Godinot ! un siége !.. (Rigauds'assied.) Mais, alors, vous avez une famille, de moyens d'existence ?

RIGAUD.

Ni l'un ni l'autre... Ça paraît ridicule de dire cela maintenant, mais la vérité est que nous avons été ruinés par les révolutions.

DUCLUZEAU.

Comment ?

RIGAUD.

Mon père, Monsieur, était greffier-garde-sacs près la cour des aides en la généralité d'Orléans ; il avait même fait de fort jolies économies qu'il plaça dans les fermes... mais, en 1721, le Régent, voulant mettre de l'ordre dans les finances, avertit les rentiers qu'il réduisait de moitié leur capital.

DUCLUZEAU.

Afin de leur donner plus de sécurité dans l'avenir.

RIGAUD.

Précisément... vous avez deviné tout de suite.

DUCLUZEAU.

Je suis administrateur.

RIGAUD.

Mais, cinquante ans après, l'abbé Terray, désireux de les rassurer encore davantage, leur réduisit de moitié cette dernière moitié... Vous comprenez que ces moyens de sécurité commençaient à devenir inquiétans ; cependant, je me dis : S'il ne me reste plus grand'chose, du moins l'État s'est libéré ; maintenant, c'est sûr... après tout, j'aime mieux ça... turlututu ! mais en 97, toujours pour mettre de l'ordre dans les finances, on nous rogne encore les deux tiers de notre quart.

GODINOT.

Par exemple !

DUCLUZEAU.

Mais on a consolidé ce dernier tiers.

RIGAUD.

Cela ne consolidait pas ma position ; aussi, je vendis bien vite et je plaçai ce qui me restait en viager... Malheureusement, il y a quelques mois, le négociant qui avait ma confiance et mon argent est mort insolvable... C'était encore plus fort que le Régent et l'abbé Terray... Désormais, je n'avais plus à m'inquiéter du capital ni du revenu... j'étais délivré d'un seul coup de tous les embarras de la propriété ; il ne me restait plus qu'à employer mes protections pour obtenir une place dans quelque hospice, lorsque le hasard me fait lire le *Journal du Loiret*... je vois que, sur la proposition de M. Ducluzeau, la commune de Lorris accorde une pension de 600 livres au plus âgé de ses vieillards... A l'instant, mon parti est pris ; il me restait 50 francs, je monte en diligence, elle me descend sur la grand'route, je prends le chemin de traverse, qui est un peu long, je me repose, mais cet imbécille m'arrête, me conduit ici... la pension m'est due, je la réclame... et turlututu, je puis dormir tranquille maintenant.

GODINOT.

Comment ?.. Un moment, un moment...

nous avons notre vieillard... mon oncle, il a quatre-vingt-trois ans.

RIGAUD.

Peuh !... c'est un enfant.

GODINOT.

Quatre-vingt-trois ans, cinq mois, sept jours...

RIGAUD.

Je te dis...

GODINOT.

Et plusieurs heures.

RIGAUD.

Je te dis que j'ai cent ans... moins trois semaines.

DUCLUZÉAU.

Il se pourrait !

GODINOT.

Cent ans !

RIGAUD.

Ton oncle aura beau se dépêcher, il ne me rattrapera pas... Monsieur mon grand-père est mort à cent dix-sept ans!.. et j'espère bien aller aussi loin que lui, j'ai de la marge...

Air de Ninon chez Mme de Sérigné.

Gaîment je fournis ma carrière,
Et n'en vois pas encor le bout,
Tant mieux ! la vie a de quoi plaire,
Et vous le voyez, j'y prends goût,
A son banquet, joyeux convive,
Je dis : en vain nous vieillissons,
Un siècle passe, un autre arrive,
Eh bien, tant mieux ! recommençons,
Je le veux bien, recommençons,
Recommençons !

Eh turlututu !..

GODINOT.

Cent ans... Ah bien ! c'était bien la peine à mon oncle de vivre jusqu'à quatre-vingt-trois ans pour être trop jeune... (A part, en regardant Rigaud.) Oh ! que je suis fâché de l'avoir arrêté.

DUCLUZÉAU.

Et vous avez les papiers nécessaires pour constater vos droits... un acte de naissance, d'abord.

RIGAUD.

Je n'ai rien du tout, mais nous trouverons tout ici... en consultant les registres de la paroisse ; c'était l'état civil, alors... François-Charles-Borromé Rigaud, 1er septembre 1715... En venant au monde, je me suis rencontré avec Louis XIV, il sortait comme j'entrais.

DUCLUZÉAU.

Mais ignorez-vous donc que les anciens registres de Lorris ont été détruits?..

RIGAUD.

Qu'est-ce que vous dites?

GODINOT.

Certainement, pendant la révolution.

DUCLUZÉAU.

Toutes nos enquêtes, toutes nos recherches pour les retrouver ont été inutiles...

RIGAUD.

Mais ils avaient été sauvés, pourtant.

DUCLUZÉAU.

Sauvés ?

RIGAUD.

Certainement... par Jean Cléron, qui était garçon de notre étude et chantre de la paroisse.

DUCLUZÉAU.

Comment !

RIGAUD.

Il me l'a dit vingt fois, il faut le voir.

DUCLUZÉAU.

Jean Cléron... il est mort au fort de la terreur.

RIGAUD.

Mort... et sans rien révéler.

DUCLUZÉAU.

Rien.

RIGAUD.

Ah ! c'est de la fatalité !

GODINOT.

Du tout, du tout, c'est très heureux pour mon oncle.

DUCLUZÉAU.

Et vous n'avez aucun indice sur ce que Cléron peut avoir fait de ces papiers ?

RIGAUD.

Je cherche à me rappeler... attendez donc... il me semble... oui... dans l'église... au-dessus du maître-autel, n'y a-t-il pas un tableau de saint Antoine ?

GODINOT.

Avec son compagnon.

RIGAUD.

C'est cela.

GODINOT.

Oh ! il est encore très ressemblant le compagnon.

RIGAUD.

Eh bien ! derrière ce tableau... Oh ! je m'en souviens maintenant, derrière ce tableau...

DUCLUZÉAU.

Derrière ce tableau ?

RIGAUD.

Il doit y avoir une cachette dans l'épaisseur du mur.

DUCLUZÉAU.

Et c'est là?..

RIGAUD.

C'est là que Cléron a déposé les registres.

DUCLUZÉAU.

Ah ! s'il était vrai... quel service rendu au pays.

GODINOT.

Et à moi... cet héritage qu'on m'a contesté faute de titres... je les r'aurai.

RIGAUD, à Godinot.

Il faut s'assurer... déplacer le tableau.

DUCLUZÉAU.

Cours vite prévenir M. le Curé, amène des ouvriers, et viens m'avertir quand tout sera prêt.

GODINOT.

J'y vais... oh Dieu ! si je pouvais r'avoir mon héritage de cette affaire-là... brave vieillard, va, je suis joliment content de vous avoir arrêté.

RIGAUD.

Va donc, va donc, bavard...

ENSEMBLE.

Air nouveau de M. Hermille.

Nous réussirons, je l'espère,
Il faut profiter des instans;
Quel bonheur ! ah ! quel jour prospère !
Nous l'avons attendu long-temps.

GODINOT.

De plaisir, je bats la campagne,

RIGAUD.

Mais ton vieil oncle.

GODINOT.

Ah ! oui, ma foi ;
Mon oncle y perd... mais moi j'y gagne...
Écoutez donc... chacun pour soi.

REPRISE DE L'ENSEMBLE.

Nous réussirons, je l'espère, etc.

(Godinot sort.)

SCÈNE VII.

LES MÊMES, excepté GODINOT.

DUCLUZEAU, s'exaltant.

Ah ! si les registres sont retrouvés... quel
éclat cela va faire... combien de procès termi-
nés... de positions refaites... vous sentez quel
service j'ai rendu à la commune de Lorris, j'aurai la croix...

RIGAUD, souriant.

Vous ?

DUCLUZEAU.

Du reste, je ne vous oublierai pas, mon cher,
je sais que vous m'avez fourni quelques renseignemens ; seulement, il est inutile d'en parler au
dehors.

RIGAUD.

Ah !

DUCLUZEAU.

Je me charge de tout... vous comprenez que
c'est moi que ça regarde... quant à votre affaire,
fiez-vous à moi... le conseil municipal s'assemble
demain... la pension vous sera assurée ; en attendant, vous logerez ici.

RIGAUD.

Comment ?

DUCLUZEAU.

Vous serez mieux qu'à l'auberge. (A part.) Et
il ne pourra parler, j'aime mieux ça...

RIGAUD.

Mais permettez...

DUCLUZEAU, allant prendre sa lettre.

Si ! si ! c'est convenu, je le veux, papa Rigaud...

RIGAUD.

Eh bien ! vous êtes un brave jeune homme.

SCÈNE VIII.

LES MÊMES, ROSE.

ROSE, entrant par la gauche.

M. Maurice est sous nos fenêtres.

DUCLUZEAU, l'apercevant.

Ah ! Rose, je vous présente un nouvel hôte,
M. Rigaud. (Rose et Rigaud se saluent.) Qui vient
faire valoir ses droits à la pension fondée par la
commune... Monsieur a près de cent ans.

ROSE.

Cent ans !

RIGAUD.

Eh ! mon Dieu, oui... et je n'en suis pas plus
fier pour cela.

ROSE.

Vous avez tort... un centenaire... mais on met
cela dans les journaux, c'est l'usage... c'est une
vraie gloire pour la commune.

DUCLUZEAU.

Eh ! au fait... elle a raison... je n'y avais pas
pensé... c'est un moyen de faire parler de la
salubrité de Lorris... de sa bonne administra-
tion... Avoir un centenaire ! mais c'est un titre
pour le Maire de la commune.

RIGAUD, étonné.

Ah bah !

DUCLUZEAU, à sa sœur.

Sans parler des renseignemens que Monsieur
peut me fournir.

RIGAUD.

Je serai enchanté de vous être utile... ça peut
se trouver.

ROSE.

Certainement, Monsieur a vu tant de choses ;
seulement, vous devez trouver le monde bien
changé, depuis votre jeunesse.

RIGAUD.

Eh ! mon Dieu ! moins que vous ne croyez,
c'est toujours, au fond, la même chose.

Air du Château de mon oncle.

De grands progrès notre siècle se vante,
Mais du nouveau, vainement est cherché,
Le monde reste, enfin, quoi qu'on invente,
Un vieil habit sans cesse retouché ;
Malgré les vœux de plus d'un philosophe,
Il est le même, hélas ! quoique divers,
On ne fait rien, que retourner l'étoffe :
J'ai vu l'endroit, et vous voyez l'envers.

DUCLUZEAU.

Vous conviendrez que voilà un joyeux vieillard, ma sœur...

RIGAUD.

Comment... Madame... serait votre sœur ?

DUCLUZEAU.

Eh oui !..

RIGAUD.

La fille de Ducluzeau, le maître tailleur ?

ROSE, vivement.

Marchand de draps, Monsieur...

RIGAUD.

Tailleur... oh ! il était bien tailleur, je me le
rappelle parfaitement ; nous nous sommes brouil-
lés parce qu'il m'avait manqué un habit vert-
pomme, auquel je tenais beaucoup... j'étais jeune
et superbe ; comment, vous êtes cette jolie petite
Rose qui venait toujours fouiller dans mes poches
et voir si je n'avais point de pain d'épice?.. Eh
bien ! vrai, je ne vous aurais pas reconnue, vous
vous êtes développée...

ROSE.

Un peu.

RIGAUD.

Oh ! pas mal, après ça, vous me direz que ce

n'est pas d'hier, eh! eh! eh! il y a de cela?..
voyons, quel âge a Mademoiselle.

ROSE, sèchement.

Mon acte de naissance a été perdu, Monsieur...

RIGAUD.

Ah! c'est juste, comme les autres... mais, attendez donc, oui, je me rappelle... vous êtes née l'année du voyage du capitaine Cook.

ROSE.

Moi?

RIGAUD.

Oh! je m'en souviens, il allait observer le passage de Vénus, sur le disque du soleil... on fit même à cette occasion, des couplets, sur votre naissance, on y parlait du soleil, des étoiles, je crois même, qu'on y parlait de la lune... Eh mais! vous avez la quarantaine.

ROSE.

Ça n'est pas v... vous vous trompez.

RIGAUD.

Je ne crois pas... c'était en 1768, ah! vous avez raison, je me trompe.

ROSE.

Ah!

RIGAUD.

Je me trompe, ça fait quarante-trois ans.

ROSE.

C'est impossible.

RIGAUD.

Mais vous avez conservé une fraîcheur, une majesté dans la taille... ça me rappelle que vous étiez superbe en déesse de la liberté.

ROSE.

Monsieur, Monsieur... (A part.) Est-ce qu'il va tout se rappeler comme ça...

RIGAUD.

Vous devez vous rappeler, comme moi, l'avoir vue avec sa lance, sa tunique grecque relevée là... avec une agrafe... c'était très gracieux... ça découvrait le commencement de la jamb...

ROSE, l'arrêtant vivement.

Monsieur...

DUCLUZEAU.

Vous paraissez avoir une merveilleuse mémoire.

RIGAUD.

Moi, je me souviens de quarante ans, de cinquante ans, de soixante ans, comme si c'était d'aujourd'hui, je pourrais vous faire l'histoire de toutes mes actions, de tous mes sentimens, et tout à l'heure, quand je suis arrivé à l'entrée du bourg, j'ai senti se réveiller en moi tant de souvenirs! j'ai été obligé de m'arrêter en voyant mon clocher, je me suis rappelé tout le passé! ma petite mansarde sous les toits, avec un pot de girofiée à la lucarne... mes soirées passées à lire des romans ou à remettre des boutons à ma veste, et mes déjeuners de pain sec, et ma couchette un peu dure... et mes jolis rêves... oh! quelle joyeuse misère, Monsieur, sans parler des œillades, des billets-doux, des sérénades à la belle étoile.

DUCLUZEAU.

Ah diable! des billets doux.

RIGAUD.

Certainement, je ne les tournais pas trop mal, je les rimais quelquefois.

DUCLUZEAU.

Vraiment.

RIGAUD.

Eh! mon Dieu! oui.

Air d'Aristippe.

J'avais aussi la faiblesse commune,
Sous un balcon, pendant les nuits d'hivers
Combien de fois, j'ai fait, au clair de lune
De mauvais sang, et de plus mauvais vers.
Dieu sait combien j'ai fait de méchans vers.
Mais de douleurs toute amour est suivie,
Aussi, plus tard, que de regrets cuisans!
Comme à vingt ans, je détestais la vie,
Quels désespoirs!.. ah! c'était le bon temps!
J'ai bien souffert; c'était là le bon temps!

DUCLUZEAU.

Ah! oui! la jeunesse... c'est l'âge où l'on jouit de tout!

RIGAUD.

Eh bien! la vieillesse se souvient... c'est quelque chose; le souvenir, voyez-vous, c'est la fontaine de Jouvence... Si vous saviez quel charme je trouve à ressusciter tout le passé... ça m'arrive souvent... je recompose mon jeune âge... je le regarde faire, et il m'amuse encore de loin.

DUCLUZEAU.

Il y a plaisir pour tous les temps!

RIGAUD.

Certainement, on aura beau dire du mal de la vie; voyez-vous, telle qu'elle est, c'est encore une chose bien inventée, et on sera longtemps avant de trouver mieux.

DUCLUZEAU.

Vous êtes un vrai sage.

RIGAUD.

Et turlututu... Il faut bien être sage, quand on ne peut plus être fou. (A Ducluzeau, qui prend du tabac.) Voulez-vous bien permettre?..

DUCLUZEAU.

Certainement. (Rigaud prend une prise.)

RIGAUD.

Tiens! vous avez là une tabatière...

ROSE.

Une véritable antiquité.

DUCLUZEAU.

C'est encore plus vieux que vous, ça, papa Rigaud... ça remonte à saint Louis.

RIGAUD.

Ça?

DUCLUZEAU.

Je ne parle pas de la tabatière... mais le portrait que vous voyez là, c'est...

RIGAUD.

C'est le portrait de Mandrin.

ROSE.

Hein?

RIGAUD.

Il est même très ressemblant.

DUCLUZEAU.

Allons donc! vous vous trompez, mon cher

ami, c'est le portrait de Guillaume de Lorris, le seul et unique.

RIGAUD, qui a tiré sa tabatière.

Oui, avec celui-là, ça fait deux.

DUCLUZEAU.

Comment?

RIGAUD.

C'était la fureur, dans mon temps, ces boîtes-là.

ROSE.

Mandrin?

RIGAUD.

Le peintre l'a affublé d'un manteau rouge, c'est ce qui vous a trompé... mais il est bien ressemblant.

DUCLUZEAU.

Mandrin! et je l'ai payé mille francs.

RIGAUD.

C'est trop cher! J'ai payé la mienne 18 livres... dans la nouveauté, encore.

ROSE, riant.

Quelle mystification, pour un savant.

DUCLUZEAU.

Ne parlez de cela à personne, ma sœur, je vous en prie.

RIGAUD.

Ça vous fait du chagrin? je suis désolé, c'est un malheur qui m'arrive souvent de détruire, sans le vouloir, bien des illusions...

DUCLUZEAU.

Me tromper si grossièrement!

RIGAUD.

Ça arrive à tout le monde.

DUCLUZEAU.

Mais, Monsieur, j'ai tant étudié!

RIGAUD.

Mais, moi, j'ai tant vu.

ROSE, au fond.

M. Maurice qui remet un papier à la femme de chambre!

SCÈNE IX.

LES MÊMES, ADÈLE, entrant par la droite.

ADÈLE.

Pardon, je vous dérange.

DUCLUZEAU.

Qu'est-ce?

ADÈLE.

J'ai reçu vos journaux... et...

DUCLUZEAU.

Ah! bien! (Il prend les journaux.) Merci!

ROSE.

Ce jeune homme finira par me compromettre.

(Elle sort.)

RIGAUD, à part.

Quelle est cette jolie demoiselle?

DUCLUZEAU.

Ah! Adèle, voulez-vous bien faire porter cette lettre à la poste. (Il donne la lettre qui est sur son bureau.) Vous m'obligerez.

ADÈLE.

Oui, Monsieur.

RIGAUD, à Ducluzeau.

Ah! ce n'est donc pas votre fille, cette aimable demoiselle?

DUCLUZEAU.

Non... c'est ma pupille, une orpheline... eh! vous devez avoir connu sa famille, puisque vous êtes du pays.

RIGAUD.

Moi?

DUCLUZEAU.

Les Bellerive.

RIGAUD, tressaillant.

Quoi... serait-ce celui dont vous étiez intendant?

DUCLUZEAU.

Précisément.

RIGAUD.

Le Comte... est-ce possible! Mademoiselle serait sa fille?

ADÈLE.

Oui, Monsieur... Vous avez donc connu mon père?

RIGAUD.

Si je l'ai connu... Ah! Mademoiselle, laissez-moi prendre vos mains, les embrasser!.. La fille du comte de Bellerive, si je l'ai connu... lui, le bienfaiteur de tout le pays; lui, mon sauveur!

ADÈLE.

Que dites-vous?

DUCLUZEAU.

Qu'a-t-il donc fait?

RIGAUD.

C'est toute une histoire... Je demeurais alors à Montargis, chez un de mes parens; malheureusement, sa maison était près de la forêt, si bien que de temps en temps, j'allais me mettre à l'affût...

DUCLUZEAU.

Ah! j'entends.

RIGAUD.

Oui, mais le garde-chasse fit comme vous, il entendit un jour un coup de fusil, et me surprit au moment où j'allais ramasser un chevreuil! Il n'y avait pas moyen de dire qu'il était mort d'accident. C'était encore le temps où l'on pendait un homme pour un lapin... Jugez pour un chevreuil! Je fus arrêté, traduit devant la sénéchaussée d'Orléans, et condamné.

ADÈLE, vivement.

A mort?

RIGAUD.

Oh! non... les lois étaient considérablement adoucies... les juges d'Orléans étaient philosophes et philanthropes... Je fus seulement condamné aux galères, à perpétuité.

ADÈLE.

Ciel!..

RIGAUD.

Heureusement que votre père apprit cette condamnation... Brave M. de Bellerive! le malheur des autres lui allait toujours au cœur! Le jour même il partit pour Paris, il s'adressa au Roi, et il obtint non-seulement ma grace, mais l'abolition des lois sur la chasse!

ADÈLE.

Quoi! ce fut mon père...

RIGAUD.

Oui, ma chère demoiselle, ce fut à ses prières

que la France entière dut ce bienfait. Pauvre cher homme! quelques années après, il partit pour ne plus revenir... et sans que je pusse empêcher son exil.

Air de Téniers.

D'être sans or, sans pouvoir, pour soi-même,
Facilement, on peut se consoler,
Lorsque l'on rend au bienfaiteur qu'on aime
Un peu du bien dont il sut nous combler.
Mais ne pouvoir dans un destin contraire,
A notre tour, servir qui nous servit,
Être inutile... ah! voilà sur la terre
Le vrai malheur du pauvre et du petit.

DUCLUZEAU, bas.

Vous lui rappelez des souvenirs...

RIGAUD.

C'est juste... j'ai tort.... il ne faudrait jamais penser à ce qui est passé... c'est comme les dettes payées; je ne sais pas pourquoi nous avons tous cette manie de regarder en arrière... Comme si je devais songer à autre chose qu'au plaisir de voir la fille de cet excellent M. de Bellerive. (Il s'attendrit à ce dernier mot, puis fait un effort et s'essuie les yeux.) Allons, voilà qui est fini... c'est tout-à-fait fini... eh! eh! eh! et turlututu...

ADÈLE.

Ah! Monsieur... combien je suis heureuse de ce que vous venez de m'apprendre de mon père.

RIGAUD.

Vous pouvez en être fière, car c'était un homme comme je n'en ai pas beaucoup vu...

(On entend un bruit au dehors.)

SCÈNE X.

LES MÊMES, ROSE, une lettre à la main.

ROSE.

C'est une horreur! une infamie!..

DUCLUZEAU.

Qu'y a-t-il donc, ma sœur?

ROSE.

Ce qu'il y a?.. Vous ignorez ce qui se passe chez vous.

DUCLUZEAU.

Mais quoi?

ROSE.

Voyez, Monsieur... une lettre d'amour!

DUCLUZEAU.

A vous?

RIGAUD, à part.

Bah! à la déesse de la liberté!

ROSE.

Eh du tout... vous voyez bien à mon indignation qu'il ne s'agit pas de moi, mais de Mademoiselle!

ADÈLE.

De moi?

RIGAUD.

Ah! à la bonne heure!

DUCLUZEAU.

Comment?

ROSE, remettant les lettres.

Lisez... Je viens de chasser Marianne, qui s'en était chargée.

DUCLUZEAU.

Que vois-je? de M. Maurice de Soran.

ADÈLE, à part.

Dieu!..

ROSE.

Voilà l'explication du refus de Mademoiselle tout à l'heure.

DUCLUZEAU, à part.

Diable! ceci est embarrassant!

Pour que M. de Soran se soit permis une pareille démarche, il faut qu'il y ait été autorisé.

ADÈLE.

Ah! ne le croyez pas, j'ai évité au contraire tout ce qu'il eût pu prendre pour un encouragement... Je n'ai répondu à aucune de ses avances.

ROSE.

Ainsi, vous ne l'aimez pas.

ADÈLE.

Je sais que l'oncle de M. de Soran a formé pour lui un projet qui doit lui assurer un brillant avenir, et, pour rien au monde, je ne voudrais nuire à sa fortune.

DUCLUZEAU, vivement.

Alors, vous rejetez sa demande.

(Rigaud tousse.)

DUCLUZEAU et ROSE, qui remarquent alors la présence de Rigaud.

Ah!

RIGAUD.

Je vous demande bien pardon... si j'ai entendu... malgré moi... Mlle Rose est si vive qu'elle n'a pas fait attention que j'étais là... après ça... comme tout ce qui regarde Mlle de Bellerive m'intéresse...

DUCLUZEAU, avec impatience.

Eh bien?

RIGAUD.

Eh bien! il me semble que vous vous trompez... et que Mademoiselle (il montre Adèle.) voudrait bien au contraire ne pas rejeter la demande de M. de Soran. (Embarras d'Adèle.) Il ne faut pas rougir pour cela...

DUCLUZEAU.

Ce mariage est impossible... Mademoiselle le sait parfaitement; le Général à d'autres projets, et il ne consentira jamais...

RIGAUD.

Pourquoi donc?.. on pourrait peut-être tout arranger, en lui parlant.

ROSE.

Par exemple!

RIGAUD.

Oh! si ça vous coûte, je m'en chargerai... c'est bien le moins que je puisse faire pour vous et pour la fille de ce digne M. de Bellerive; et, après tout, il a beau être difficile, ce Général... son choix ne peut être meilleur que celui de son neveu... et quand il saura qu'il s'agit d'une demoiselle jeune, noble... et riche...

ROSE.

Comment, riche?.. Adèle n'a rien.

RIGAUD.

Qu'est-ce que vous dites là?

ADÈLE.

C'est la vérité, Monsieur.

DUCLUZEAU.

Sans doute.

RIGAUD.

Rien?

ROSE.

Eh non!.. vous voyez bien que vous vous trompez, bonhomme.

RIGAUD.

Je me trompe?.. mais, permettez... je ne comprends pas...

ROSE, regardant au fond.

Ah! c'est M. Maurice!

ADÈLE.

Lui!

DUCLUZEAU.

M. de Soran... laissez-moi!

RIGAUD.

Pardon... je voudrais...

DUCLUZEAU.

C'est bien, mon-cher, ma sœur va vous montrer votre chambre.

RIGAUD, à part.

Ah! il faudra bien pourtant qu'on m'explique.

DUCLUZEAU.

Vite! vite!

ENSEMBLE.

AIR : Galop de Gustave.

DUCLUZEAU.

Sortez, sortez, et dans ces lieux,
De grace, laissez-moi tous deux;
Je veux, ici, dès aujourd'hui,
M'expliquer avec lui.

RIGAUD.

Quoi! ruinée, ah! c'est affreux!
Mais avant de quitter ces lieux;
Je veux, ici, dès aujourd'hui,
(Montrant Ducluzeau.)
M'expliquer avec lui.

ROSE.

Oui, nous sortons, et dans ces lieux,
Nous allons vous laisser tous deux;
Il faut, ici, dès aujourd'hui,
S'expliquer avec lui.

ADÈLE.

Sortons, sortons, et dans ces lieux,
Nous devons les laisser tous deux;
Il faut, ici, dès aujourd'hui,
Nous éloigner de lui.

RIGAUD.

Pourtant, Monsieur...

DUCLUZEAU.

Ah! quel supplice!
Laissez-moi, de grace, un instant.

ROSE.

Ah! c'est bien mal! Monsieur Maurice!..
Comptez donc sur un sentiment!

REPRISE DE L'ENSEMBLE.

(Rose, Adèle et Rigaud sortent par la droite.)

SCÈNE XI.

DUCLUZEAU, MAURICE.

DUCLUZEAU, à part.

Diable! la situation se complique!.. Je ne puis me brouiller avec M. de Soran... c'est de son oncle que dépend le succès de mes démarches pour ce titre de baron! Il faut user de ruse, sans quoi tout est perdu!.. (Haut, à Maurice qui entre.) Eh! c'est M. de Soran! j'allais à votre auberge.

MAURICE.

Vous avez à me parler?

DUCLUZEAU.

Oui...

MAURICE.

Et puis-je savoir?..

DUCLUZEAU, regardant autour de lui.

Chut!

MAURICE, à part.

A-t-elle reçu ma lettre? (Haut.) Qu'y a-t-il donc? (Ducluzeau s'approche de Maurice et lui montre la lettre qu'il a écrite à Adèle.) Ah!

DUCLUZEAU.

Vous connaissez l'écriture?

MAURICE.

Monsieur... vous savez tout... mais, si vous avez lu cette lettre, vous avez vu que mon amour n'avait rien qui ne pût être avoué... et j'ose encore espérer que, comme protecteur de Mlle de Bellerive, vous lui accorderez votre approbation.

DUCLUZEAU.

Moi? (S'approchant et posant les mains sur l'épaule de Maurice en souriant.) Aveugle que vous êtes...

MAURICE, étonné.

Plaît-il?

DUCLUZEAU.

Aveugle! qui n'avez pas compris que j'avais deviné votre amour dès le premier instant!..

MAURICE.

Vous?

DUCLUZEAU.

Que je fesais tout pour le favoriser?

MAURICE.

Il se pourrait? ainsi, vous consentez?

DUCLUZEAU.

Mais de tout mon cœur.

MAURICE.

Ah! mon cher M. Ducluzeau... quelle reconnaissance... ah! permettez que je voie Mlle de Bellerive...

DUCLUZEAU.

Un moment... un moment... elle vient de me parler.

MAURICE.

Ah!..

DUCLUZEAU.

Oui, en me remettant votre lettre.

MAURICE.

Quoi! c'est elle qui vous l'a remise?.. eh bien! que vous a-t-elle dit?

DUCLUZEAU.

Oh! ce que disent toujours les jeunes filles, dans le premier moment... qu'elle comprenait tout l'honneur que vous lui faites... qu'elle avait pour vous une profonde estime... vous savez... les phrases ordinaires...

MAURICE.

Oui, mais après?

DUCLUZEAU, feignant l'embarras.

Ah! après... elle a ajouté... qu'elle ne désirait point se marier.

MAURICE.

Dieu!..

DUCLUZEAU, vivement.

Vous sentez bien que je ne m'arrêterai point à ce caprice...

MAURICE.

Mais si Mlle Adèle a quelque répugnance.

DUCLUZEAU.

Du tout... ce mariage est convenable sous tous les rapports... il assure l'avenir d'Adèle, me décharge d'une tutelle difficile... il me permettra, d'ailleurs, de faire revenir mon fils.

MAURICE.

Que dites-vous?

DUCLUZEAU.

Oui, j'ai pour lui un projet d'établissement auquel il se refusera tant qu'Adèle sera libre.

MAURICE.

Mais ils s'aiment donc?

DUCLUZEAU.

Une folie... vous concevez... des jeunes gens élevés ensemble... les têtes se montent... mais l'absence finira par les guérir tout-à-fait...

MAURICE.

Permettez...

DUCLUZEAU, très fort.

Il faudra bien qu'elle obéisse...

MAURICE, avec contrainte.

Pardon, Monsieur... je ne veux contrarier aucune inclination...

DUCLUZEAU.

Ce n'est qu'une première résistance.

MAURICE.

Non... j'avais eu le fol orgueil d'espérer une préférence... qu'un autre, plus heureux, a obtenue, je le vois... l'amour ne s'impose point, et dès que ma demande ne peut être acceptée librement je la retire.

DUCLUZEAU.

Mais vous n'y pensez pas!

MAURICE.

Ma résolution est prise, Monsieur... je renonce à toute prétention sur la main de Mlle de Bellerive, et je repars ce soir même pour Paris.

SCÈNE XII.

LES MÊMES, RIGAUD.

RIGAUD.

Pardon, si je vous dérange.

DUCLUZEAU.

Ah! que voulez-vous donc, Monsieur?

RIGAUD.

Causer avec vous en particulier, si vous voulez bien le permettre... c'est pressé...

MAURICE.

Je me retire, alors. (Il salue.) Monsieur...

DUCLUZEAU.

Adieu, mon jeune ami.

RIGAUD.

C'est-à-dire, sans adieu, il reviendra... vous reviendrez, jeune homme, j'ai à vous parler.

MAURICE.

A moi?

RIGAUD.

Oui, de Mlle de Bellerive.

MAURICE, avec contrainte.

Ah! de Mademoiselle...

RIGAUD.

Une bonne nouvelle!

MAURICE, vivement.

Ah!

DUCLUZEAU.

Plaît-il?

RIGAUD, à Ducluzeau.

Voilà, je suis à vous...

MAURICE, saluant.

Messieurs, j'ai bien l'honneur...

RIGAUD, reconduisant Maurice.

Ainsi donc, au revoir?

MAURICE.

Je vous le promets.

(Rigaud reconduit Maurice, qui sort par le fond. Pendant ce jeu de scène, Ducluzeau s'assied près du guéridon, à droite. Rigaud va prendre un siége, près du bureau à gauche, et vient s'asseoir à la droite de Ducluzeau.)

SCÈNE XIII.

DUCLUZEAU, RIGAUD.

DUCLUZEAU, à part.

Il est un peu sans gêne... (Haut.) Voyons, M. Rigaud, de quoi s'agit-il? je vous écoute.

RIGAUD.

J'agis peut-être un peu sans façon, mon cher M. Ducluzeau, mais nous sommes de si vieilles connaissances...

DUCLUZEAU.

Il n'y a pas de mal, il n'y a pas de mal... mais je suis pressé, finissons vite.

RIGAUD.

Oui, mais pour finir il faut commencer, c'est toujours comme ça, on commence et ensuite... eh! eh! eh!

DUCLUZEAU.

Enfin, que voulez-vous?

RIGAUD.

Que vous me tiriez d'un doute, mon cher Monsieur; j'avais d'abord demandé à votre sœur... mais elle a la tête si vive! elle est encore très jeune...

DUCLUZEAU.

Oh! oh!

RIGAUD.

De caractère... mais, avec vous, c'est différent, vous voilà un homme, à présent, nous pouvons nous entendre.

DUCLUZEAU.

Enfin? enfin?

RIGAUD.

Enfin, on disait tout à l'heure, et c'est ce que je ne comprends pas, on disait que Mlle de Bellerive n'avait plus rien... ça me paraît bien extraordinaire, aussi je viens près de vous...

DUCLUZEAU.

Ah ! c'est pour cela ? nous en parlerons une autre fois, mon brave homme.

RIGAUD.

J'aimerais mieux en parler tout de suite, si ça vous est égal... vous concevez l'intérêt que je porte à cette enfant ? si quelqu'un lui conteste son héritage, je suis là, moi... vous m'avez demandé des renseignemens, précisément je puis vous en donner là-dessus. Le domaine de Grand-Pré...

DUCLUZEAU.

Des renseignemens, c'est inutile, la pauvre enfant est ruinée... puisque le Comte fut obligé de vendre tous ses biens.

RIGAUD.

Vendre... oui... mais à vous...

DUCLUZEAU.

Précisément.

RIGAUD.

Alors, il lui reste.

DUCLAUZEAU.

Rien.

RIGAUD.

Rien ? ah ça ! voyons donc, parlons peu et parlons bien,.. puisque...

DUCLUZEAU.

C'est bien, occupons-nous d'affaires plus importantes.

RIGAUD.

Plus importantes !

DUCLUZEAU.

Votre pension, d'abord.

RIGAUD.

Turlututu ! nous avons bien le temps pour ma pension; on n'en fera pas pousser sous cloche, des centenaires... revenons à notre affaire.

(Ducluzeau se lève, traverse le théâtre, prend un papier sur son bureau et se dirige vers le fond. Rigaud, qui a reculé sa chaise, remonte la scène et barre le passage de Ducluzeau.)

DUCLUZEAU.

Tenez, brisons là, je n'ai pas de temps à perdre, les intérêts communaux...

RIGAUD.

Non, non, vous ne vous en irez pas sans m'avoir répondu...

DUCLUZEAU.

Oh ! vous prenez trop de libertés, bonhomme.

RIGAUD.

Il ne s'agit pas de se fâcher, ici... ça n'avance à rien, parlons de bon sens, si c'est possible... vous êtes le tuteur de Mlle de Bellerive ; elle était riche ; vous dites qu'elle ne l'est plus... comment se fait-il ?

DUCLUZEAU.

Je crois que vous m'interrogez ?

RIGAUD.

Oui, mais je crois que vous ne me répondez pas, vous ?.. est-ce que ?

DUCLUZEAU.

Ah ! voilà qui devient plaisant.

DUCLUZEAU.

Si c'est plaisant, pourquoi vous fâchez-vous ?

DUCLUZEAU.

Qu'est-ce à dire ?

RIGAUD.

Je dis que je commence à y voir clair.

DUCLUZEAU.

Vous oubliez que je suis maître, ici ?

RIGAUD.

Turlututu ! j'ai parlé à de plus grands seigneurs que vous, dans ma vie.

DUCLUZEAU.

Que je puis vous forcer à quitter cette commune ?..

RIGAUD.

Moi ?

DUCLUZEAU.

Que vous n'avez ni papiers, ni domicile ?

RIGAUD.

Un domicile ? j'en ai un, puisque je suis chez vous... ah ça ! on dirait que vous voulez m'intimider ?

DUCLUZEAU.

Ah ! c'est trop fort ! je perds patience, à la fin !..

RIGAUD.

Prenez garde, si vous criez, on peut venir.

DUCLUZEAU.

Eh ! que m'importe !

RIGAUD.

Alors, je répéterai devant tout le monde ce que je ne voulais dire qu'à vous seul...

DUCLUZEAU, riant ironiquement.

Et que direz-vous, s'il vous plaît ?

RIGAUD.

Je dirai que vous n'êtes pas légitime propriétaire des biens de M. de Bellerive.

DUCLUZEAU, tressaillant.

Plaît-il ?

RIGAUD, plus haut.

Je dirai, puisque vous m'y forcez, que l'acte de vente qu'il vous a fait au moment d'émigrer n'avait d'autre but que d'éviter une confiscation, qu'il était simulé !

DUCLUZEAU, troublé.

Comment...

RIGAUD.

Que Me Lanone, notaire royal, avait fait une contre-lettre signée et paraphée par vous.

DUCLUZEAU, à part.

Ciel !..

RIGAUD, toujours plus haut.

Et que par cette contre-lettre vous reconnaissez être seulement le dépositaire de la fortune de Monsieur le Comte.

DUCLUZEAU, effrayé.

Plus bas !..

RIGAUD.

Ah ! vous voulez crier... vous voyez que je sais crier aussi. Voulez-vous crier ! crions !

DUCLUZEAU.

Mais qui vous a dit...

RIGAUD.

C'est moi qui ai minuté la contre-lettre.

DUCLUZEAU.

Vous ?..

RIGAUD.

Moi, qui étais alors premier clerc chez Me Lanone.

DUCLUZEAU, à part.
Ah diable ! (Haut.) Et la pièce?..

RIGAUD.
Est restée à l'étude... où on la retrouvera.

DUCLUZEAU.
Vous êtes sûr?..

RIGAUD.
Parbleu ! je me le rappelle, comme si c'était d'hier, et je saurais bien... (Il va pour sortir.)

DUCLUZEAU, riant, à part.
Je respire ! (haut.) Eh ! eh ! eh !

RIGAUD.
Qu'est-ce que vous avez...

DUCLUZEAU.
La fable est assez plaisamment imaginée !

RIGAUD, étonné.
Une fable !

DUCLUZEAU.
Décidément, vous êtes fou, bonhomme, vous avez rêvé tout ça !..

RIGAUD.
Moi... ah ! c'est trop fort... cette contre-lettre, je la vois encore... sur parchemin.

DUCLUZEAU.
Eh bien ! cherchez-là !

RIGAUD.
Certainement que je la chercherai ; quand il s'agit d'empêcher une injustice, je n'ai que vingt ans !

DUCLUZEAU, avec dédain.
Pauvre homme.

RIGAUD, avec fermeté.
J'y consacrerai ce qui me reste de temps à vivre... quand je devrais aller m'asseoir à la porte de chaque juge et lui crier quand il sortira : Justice !.. j'en trouverai bien un à la fin qui m'écoutera. (Il se découvre.)

Air : Contentons-nous d'une simple bouteille.

Dieu soit béni, de m'avoir sur la terre,
Seul, de mon temps, oublié jusqu'ici,
Car le bienfait que j'ai reçu du père,
Je vais le rendre à la fille aujourd'hui.
A son bon droit, qui tout seul la seconde,
Que ma vieillesse au moins puisse servir !
Qu'elle soit riche... heureuse... et de ce monde
Turlututut... alors je puis partir !

Je ne veux pas rester une minute de plus dans cette maison !..

(Il va à la table à droite prendre son chapeau et mettre ses gants.)

DUCLUZEAU, à part.
Ah ! diable !..

GODINOT, en dehors.
Monsieur ! Monsieur !..

DUCLUZEAU.
Qu'est ce encore !..

SCÈNE XIV.
LES MÊMES, GODINOT.

GODINOT, accourant.
Ah ! Monsieur... les ouvriers sont arrivés... on vous demande tout de suite.

DUCLUZEAU.
C'est bien, j'y vais... (S'arrêtant, à part.) Ah !

diable !.. quitter cet homme... ah ! (Haut.) Godinot... tu vas rester ici... tu surveilleras ce vieillard.

GODINOT.
Comment...

DUCLUZEAU.
Oui... la tête est un peu...

GODINOT.
Déménagée?..

DUCLUZEAU.
Précisément... ainsi, veille sur lui, tu m'en réponds ! (Il sort.)

SCÈNE XV.
RIGAUD, GODINOT.

GODINOT.
Ah ! il est fou, le vieux... c'est donc ça qu'il me riait toujours au nez.

RIGAUD, à part.
Il faut, avant tout, que l'on découvre cette contre-lettre... (Il se dirige vers la porte.)

GODINOT.
Il s'en va... eh ! dites donc, prévenu... où que vous allez, comme ça?

RIGAUD.
Ah ! au fait, tu pourras me dire ça, toi... M. Lanone, où demeure-t-il, maintenant.

GODINOT.
M. Lanone, le marchand de bois?..

RIGAUD.
Eh non !.. le notaire.

GODINOT.
Ah ! Me Lanone, le père de M. Lanone.

RIGAUD.
Oui !.. où demeure-t-il?..

GODINOT.
Où qu'il demeure?.. il est mort...

RIGAUD.
Mort?.. au fait, j'oublie toujours mon âge... je reste seul de mon temps... mais son successeur?

GODINOT.
Son successeur... eh bien ! c'est son fils,

RIGAUD.
Tu disais tout à l'heure qu'il était marchand de bois.

GODINOT.
Ça n'empêche pas de succéder, ça... les marchands de bois succèdent comme les autres.

RIGAUD, impatienté.
Mais non, je te demande qui a pris l'étude de Me Lanone après sa mort.

GODINOT.
Personne.

RIGAUD.
Ses actes, ses papiers, ont été déposés chez un confrère, alors.

GODINOT.
Du tout... il n'y avait ni papiers, ni actes.

RIGAUD.
Comment, mais quand je suis parti, en brumaire 93.

GODINOT.
Ah bien ! oui... mais plus tard, Me Lanone,

qui était devenu suspect, parce qu'il était le notaire de la noblesse, fut arrêté.

RIGAUD.

Est-ce possible.

GODINOT.

On alla à son étude, on saisit ses papiers, et sous prétexte qu'ils portaient un timbre fleurdelisé, on fit avec un feu de joie.

RIGAUD.

Que dis-tu?.. les actes ont été brûlés.

GODINOT.

Tous... il n'y a pas un enfant qui ne sache ça dans le pays... eh bien! quoique vous avez donc?

RIGAUD.

Brûlés!..

(Il va s'asseoir sur le fauteuil près du bureau.)

GODINOT.

C'est un accès qui lui prend!..

RIGAUD.

Voilà pourquoi ce Ducluzeau était si audacieux, pourquoi il me disait... ainsi, nul moyen d'établir le droit de Mlle de Bellerive? plus aucune preuve? plus rien que mon témoignage... et l'on ne me croira pas, on dira : Il est vieux... il est fou... comme il disait tout à l'heure.

GODINOT.

Oh! décidément, la tête n'y est plus, elle n'y est plus du tout, la tête.

SCÈNE XVI.

LES MÊMES, MAURICE.

RIGAUD.

Et ce malheureux Cléron qui sauve des registres et ne pense pas aux actes notariés, lui! le garçon de l'étude! c'est qu'il n'a pu, c'est sûr!.. (Apercevant Maurice qui entre.) Ah! M. de Soran.

MAURICE.

Oui, Monsieur, vous vouliez me parler, et je viens savoir avant de partir.

RIGAUD, vivement.

Partir... et pourquoi partez-vous?

MAURICE, étonné.

Monsieur.

RIGAUD.

Vous aimez Mlle de Bellerive... (Mouvement de Maurice.) Je le sais, aujourd'hui même vous avez demandé sa main.

MAURICE.

Il est vrai.., mais j'ignorais alors qu'elle aimât le fils de M. Ducluzeau.

RIGAUD.

Le fils de... qui vous a dit cela?

MAURICE.

Son neveur lui-même...

RIGAUD.

J'en étais sûr, cet homme ment comme un procureur.

MAURICE.

Quoi! Mlle Adèle...

RIGAUD.

Aime si peu le fils de M. Ducluzeau, qu'elle refuse de l'épouser.

MAURICE.

Et moi?..

RIGAUD.

Et vous?.. Elle ne demande pas mieux que de ne pas refuser.

MAURICE.

Elle vous l'a dit?

RIGAUD.

Tout à l'heure.

MAURICE.

Oh! alors, je ne pars plus!

RIGAUD.

A la bonne heure! restez... il le faut; vous êtes jeune, actif, et à nous deux...

MAURICE.

Que voulez-vous dire?

RIGAUD.

Qu'il faut confondre ce Ducluzeau, rendre à Mlle de Bellerive la fortune qui lui appartient, qu'on lui a ravie!

MAURICE.

Se peut-il?..

RIGAUD.

Sans cela, pas de bonheur, pas de mariage possible.

MAURICE.

Pourquoi donc?

RIGAUD.

Parce que votre oncle s'y opposera, parce qu'il veut une dot... Vous l'aurez, jeune homme, vous l'aurez... belle et magnifique.

MAURICE.

Eh Monsieur!

Air de la Demoiselle à marier.

Qu'importe une vaine richesse,
Lorsque le cœur est chaud d'amour!
Soir et matin, c'est même ivresse;
Chaque jour est le plus beau jour;
Dans le bonheur, il se termine,
Il recommence dans l'espoir.

RIGAUD.

Oui, mais le malheur, c'est qu'on dîne
Entre le matin et le soir.

Penser qu'ils pourraient être si heureux avec la fortune que ce Ducluzeau!..

(Cris en dehors : VIVE M. LE MAIRE! Godinot, qui pendant cette scène est resté dans le fond, regardant à la fenêtre, et qui est même sorti, revient sur le devant. Dans ce moment, des cris se font entendre au dehors. Il retourne à la fenêtre du fond.)

GODINOT.

Tiens!..

MAURICE.

Qu'est-ce que ces cris?

GODINOT, regardant au fond.

Ah! voyez donc... la foule qui sort de l'église avec M. Ducluzeau. Oh! ils auront trouvé quelque chose, c'est sûr... Je vais voir.

(Il sort en courant.)

VOIX EN DEHORS.

Vive M. Ducluzeau!

MAURICE.

On crie vive M. Ducluzeau!

RIGAUD.

C'est ça, ils vont lui faire un triomphe, maintenant... Ce sont bien les fils de ceux qui ont
brûlé... Imbécilles !

SCÈNE XVII.

DUCLUZEAU, ROSE, ADÈLE, HABITANS,
GENS portant plusieurs registres qu'on dépose sur
une table; GODINOT.

(Les habitans entrent en poussant des acclamations :
LES VOILA ! LES VOILA !)

GODINOT.

On a trouvé ! on a tout trouvé ! Vive M. le
Maire !

TOUS.

Vive M. le Maire, vive M. Ducluzeau !

(On apporte un coffre.)

DUCLUZEAU,

Vite ! vite ! ouvrez... Allons donc, Godinot,
allons donc.

GODINOT.

Mais je me dépêche, M. le Maire, je me dépêche... Voilà.

DUCLUZEAU.

Ils y sont, les voilà.

TOUS.

Quel bonheur !

CHŒUR.

AIR : Quel homme étonnant ! (CANDINOT.)

Quel homme étonnant !
Ah ! c'est là, vraiment,
L' mair' le plus savant
Du département.
Nos papiers perdus
Nous sont rendus ;
Donc, plus d'accès
A ces procès,
Qu'on n' gagn' jamais,
Quell' bonne affaire !
Viv' M. l' Maire !

(Pendant le chœur, on a débarrassé le coffre avec empressement. Godinot est à genoux devant le coffre qu'il ouvre. A sa gauche est Ducluzeau ; à droite, Maurice ; un conseiller municipal; Rigaud,
en avant du bureau. Le premier registre est remis à Ducluzeau,
qui va le parcourir sur la table à droite. Les autres sont passés de
main en main et placés sur le bureau à gauche ; on y place aussi
un dossier, des papiers timbrés, parmi lesquels se trouve la contre-
lettre. Ducluzeau est entouré et félicité par une partie des habitans, ainsi que sa sœur; Adèle est près de Mlle Rose, et à sa gauche; d'autres habitans garnissent le fond, et Rigaud est le plus
isolé possible pour feuilleter les papiers, et trouver la contre-
lettre.)

RIGAUD.

Voyons, voyons. (Il met ses lunettes et cherche
parmi les livres.) Ce n'est pas ça. 1700, c'est celui-là. (Il le feuillette.)

GODINOT, toujours à genoux devant le coffre.

V'là le dernier paquet.

DUCLUZEAU.

Donne. Qu'est-ce que cela? Des papiers timbrés... des minutes d'actes... Que vois-je !

ROSE.

Quoi donc?

DUCLUZEAU.

Notre nom, ma sœur !

(Il porte vivement le paquet sur la table à gauche de
l'acteur, et l'examine après l'avoir délié.)

ROSE.

Notre nom ?

RIGAUD.

Voilà 1715 . Rigaud, François-Charles-Borro-
mée, du sexe masculin !

DUCLUZEAU, toujours occupé à la table.

Que signifie... et comment cela se trouve-t-
il ici? Ma sœur, ma sœur !.. c'est le titre qui
nous manquait.

ROSE.

Est-il possible !

RIGAUD, regardant des papiers sur le bureau.

Des actes notariés !..

DUCLUZEAU, avec grande joie.

Voilà deux procès que nous perdons faute de
cette pièce, mais elle est bien en règle ! passée
devant notaire.

RIGAUD, lisant divers papiers.

« Acte de vente, transports d'immeubles. »

DUCLUZEAU.

J'en appellerai ! c'est 20,000 écus que nous
retrouvons là.

(On le félicite ainsi que sa sœur.)

RIGAUD.

Il n'y a que ces gens-là qui ont du bonheur !
(Surpris de ce qu'il trouve dans les papiers qu'il
examine toujours, il s'écrie :) Mon écriture !.. ah !
mon Dieu ! *

DUCLUZEAU.

Je gagnerai, maintenant, j'ai mes preuves.

(On le félicite.)

RIGAUD.

Et moi les miennes... J'étais bien sûr que
Cléron... Allons, vive M. Ducluzeau.

DUCLUZEAU, toujours avec joie.

Merci, mon ami, merci... ah ! ce jour est le
plus beau de ma vie.

RIGAUD.

Eh bien ! pour que rien ne manque à votre
félicité, (Il va prendre Maurice par la main.) pour
que tout le monde soit heureux, j'ai l'honneur
de vous demander, pour mon protégé, la main
de Mlle Adèle de Bellerive.

DUCLUZEAU.

Monsieur !..

MAURICE.

Que faites-vous?

ROSE.

Cette plaisanterie...

RIGAUD.

Je ne plaisante pas du tout.

DUCLUZEAU, à tout le monde.

Ne faites pas attention, c'est un pauvre vieillard dont la tête...

RIGAUD.

Est encore fort bonne, je vous assure.

MAURICE.

Monsieur.

* Rigaud serre le parchemin dans sa poche, et,
seul dans son coin, sur le devant de la scène, il se
frotte les mains de l'air d'un homme qui dit : J'ai
mon affaire, et nous allons rire maintenant.

ADÈLE.

Je vous en prie.

RIGAUD.

Rassurez-vous, mes enfans... j'ai le consentement de M. Ducluzeau, signé de sa main.

DUCLUZEAU.

Mon consentement?

RIGAUD.

Et vous êtes trop digne homme pour nier votre signature.

(Il lui montre la contre-lettre.)

DUCLUZEAU.

Ciel! la contre-lettre.

RIGAUD.

Je l'ai trouvée là; c'est vous qui l'avez apportée; on n'est pas plus obligeant.

DUCLUZEAU.

Je suis perdu.

RIGAUD, bas.

Ne me démentez point et j'évite le scandale. (Haut.) Eh bien! c'est convenu, n'est-ce pas?

DUCLUZEAU, troublé.

Monsieur...

ROSE.

Quoi! mon frère, vous consentiriez?

RIGAUD.

Oh! ce n'est pas tout. Comme M. le Maire n'aime point à faire les choses à demi, (A Adèle.) il vous donne en dot tous les biens qu'il avait achetés de votre père.

ROSE.

Mais il extravague...

DUCLUZEAU.

Monsieur.

RIGAUD, lui montrant la contre-lettre.

Ne sont-ce pas vos intentions?

DUCLUZEAU, effrayé.

En effet...

MAURICE.

Ah! Monsieur!..

ADÈLE.

Tant de générosité!

GODINOT.

Ah! c'est un beau trait... Ah! quel maire! quel grand maire nous avons là!

RIGAUD.

Vous voyez, mon cher Monsieur, la douce récompense de la probité et du dévouement.

DUCLUZEAU.

Oui, oui, certainement. (A part.) Que le diable t'emporte!

RIGAUD, à part.

Allons, maintenant que tout le monde est content, il ne me reste plus qu'à obtenir ma pension.

ADÈLE.

Qu'en est-il besoin?

MAURICE.

Vous ne nous quitterez pas...

RIGAUD.

Non. Eh bien! j'accepte... ça fera un heureux de plus. Godinot, je renonce à la pension, mon garçon.

GODINOT.

Vraiment?

RIGAUD.

Tu peux le dire à ton oncle.

GODINOT.

Merci, oh! merci, M. Rigaud. Voilà un trait! Que je suis content de vous avoir arrêté!

RIGAUD.

J'en suis persuadé. Eh bien! mes bons amis, vous voyez que la vieillesse n'est pas toujours triste, inutile... et que cela sert quelquefois d'avoir vu et de se souvenir.

CHŒUR.

Air nouveau de M. Hormille.

Enfin, grace à sa sagesse,
La paix renaîtra dans Lorris.
Amis, respectons la vieillesse;
Honneur au doyen du pays!

RIGAUD.

Merci, merci, mes enfans. Eh! turlututu! je veux vivre encore cent ans... d'ailleurs, je suis sur la route.

Air : Vers le temple de l'hymen.

Le temps, créancier maudit,
Qui, trop souvent, nous chagrine,
Semble, sur ma bonne mine,
Vouloir me faire crédit.
Pourtant, il viendra, je pense,
Me rappeler sa créance;
J'y suis préparé d'avance;
Nécessité fait vertu.
Mais, en attendant qu'il vienne,
Qu'ici, votre main soutienne
Le père Turlututu,
Le bon vieux Turlututu.

REPRISE DU CHŒUR.

FIN.

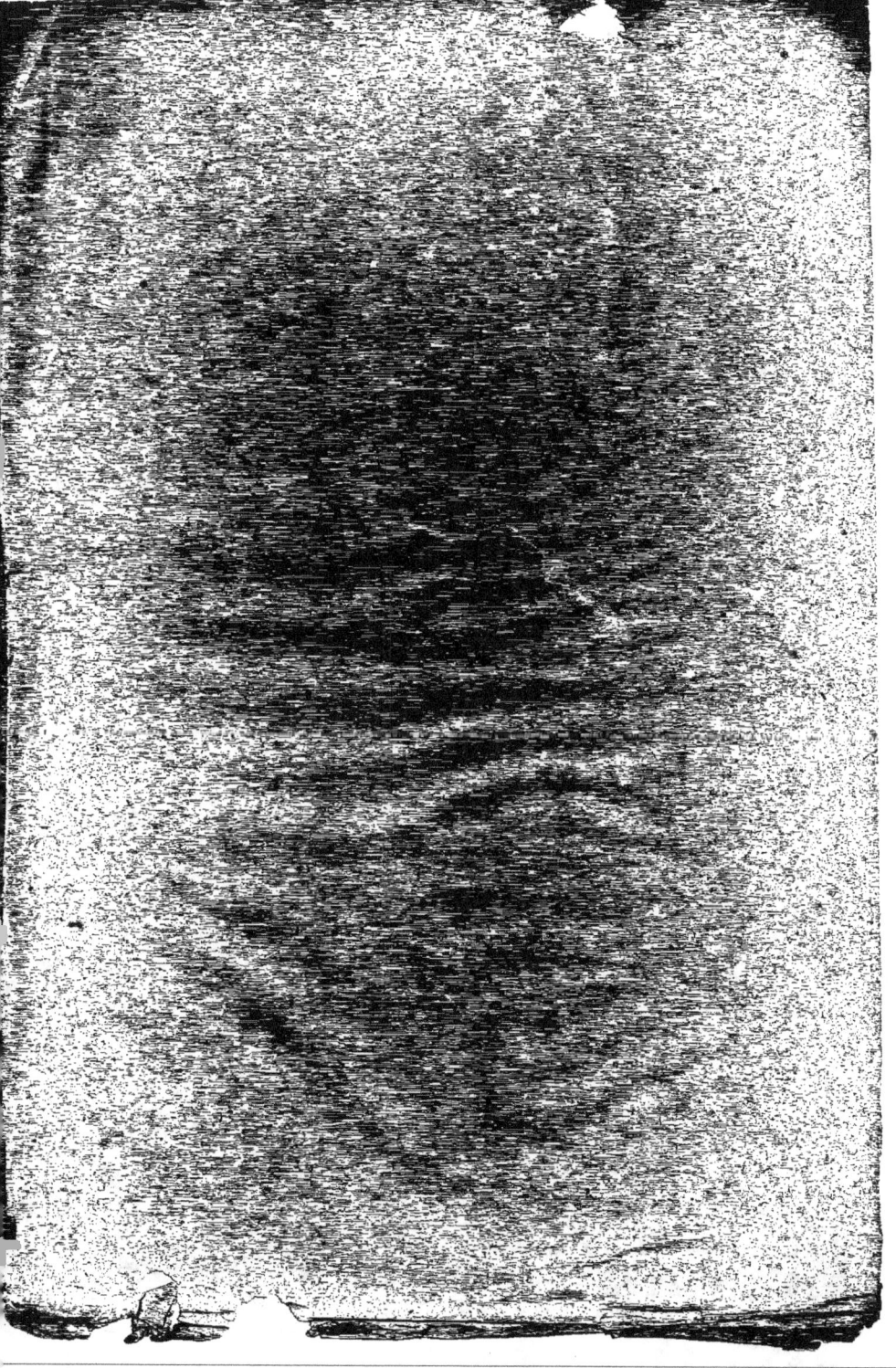

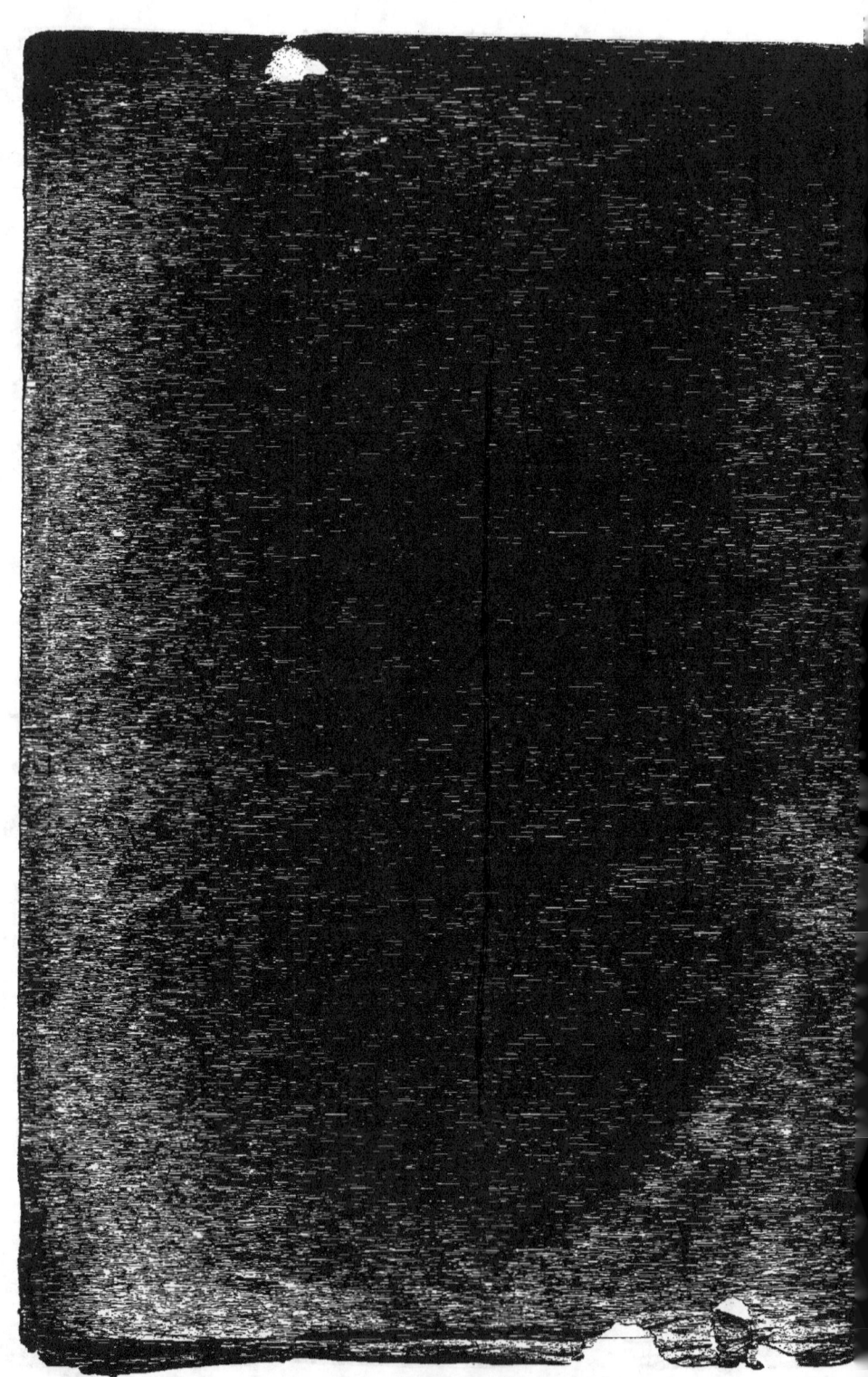